Joschi

Gilandra
(Rauseo-Mennillo Tina)

Joschi

Bibliografische Information der Deutschen Nationalbibliothek:
Die Deutsche Nationalbibliothek verzeichnet diese Publikation in der
Deutschen Nationalbibliografie; detaillierte bibliografische Daten sind im
Internet über
< http://dnb.d-nb.de > abrufbar.

© 2007
Illustrationen u. Coverbild: Caroline Scherer
Satz, Umschlagdesign, Herstellung und Verlag:
Books on Demand GmbH, Norderstedt
ISBN: 978-3-8334-8011-9

INHALT

Vorwort

Joschi war ein kleiner Junge, der durch die Unachtsamkeit anderer Menschen mit einer tödlichen Krankheit infiziert wurde. Doch auch wenn sein Leben nur kurz war, erlebte er viele aufregende Dinge – dank seiner Mutter, die sich bemühte, Joschis sehnlichste Wünsche zu erfüllen. Dieses Buch habe ich für alle kranken Kinder geschrieben. Es soll ihnen Mut machen, nicht aufzugeben und das Leben so gut es geht zu genießen.

KAPITEL 1

Joschis Krankheit

Als Joschi krank wurde, war er noch sehr klein und er wusste noch nicht recht, was das Leben ist. Lange Zeit wusste man nicht, was er hatte. Man untersuchte ihn immer wieder, konnte die Ursache jedoch nicht finden. Er war etwa drei Jahre alt, als seine Eltern erfuhren, dass er an einer tödlichen Krankheit litt. Sie sagten ihm nicht, was es war, aber er ahnte, dass etwas mit ihm nicht stimmte. Jeden Tag musste er Medikamente einnehmen und nur selten durfte er mit den anderen Kindern draußen spielen. In der Schule wurde er deswegen oft gehänselt. Joschi hatte lange Zeit Angst, in die Schule zu gehen. Die Lehrer versuchten Joschi zu helfen, indem sie mit den Kindern über verschiedene Krankheiten sprachen, über Leukämie, die Bluterkrankheit, Aids, Krebs, Multiple Sklerose und vieles mehr. Sie erklärten ihnen, dass jede Krankheit anders aussehen könne und dass es auch Krankheiten gebe, über die man noch nicht viel wisse. Die Mitschüler hörten gespannt zu und hatten viele Fragen zu den Krankheiten. Immer wieder fragten sie auch Joschi, was er denn nun habe. Joschi wusste es nicht, er konnte es nicht beschreiben und wieder fingen die Kinder an, ihn zu plagen. Sie warfen ihm vor, er habe gar keine Krankheit.

Wenn man nicht erklären könne, was man hat, sei man auch nicht krank. Joschi fing an zu weinen und zuhause erzählte er seiner Mutter, wie gemein die Schüler zu ihm waren. Die Mutter versuchte ihn zu trösten, doch sie machte sich große Sorgen, da sie befürchtete, Joschi würde noch mehr Probleme bekommen, wenn die anderen von seiner Krankheit erführen. Denn Joschi hatte Aids.

Die Eltern wussten lange nicht, woher Joschi diese schlimme Krankheit bekommen hatte, denn beide Eltern waren gesund. Irgendwann fanden sie heraus, dass Joschi als Baby angesteckt worden war. Damals musste er wegen eines Leistenbruchs operiert werden, wobei er sehr viel Blut verlor. Nachdem er bei der Operation fast gestorben wäre, musste man ihm eine Bluttransfusion geben. Eine der Blutkonserven war mit HIV infiziert, aber das hatte man zu diesem Zeitpunkt nicht erkannt.

Als die Krankheit ausbrach, war Joschi acht Jahre alt. Er litt immer öfter unter Schwächeanfällen und musste im Bett bleiben. Das Essen bereitete ihm manchmal so große Schwierigkeiten, dass die Ärzte ihm Infusionen geben mussten. Seine Mutter weinte sehr, denn sie wusste, dass sie Joschi bald verlieren würde. Die Ärzte sagten ihr, wenn Joschi Glück habe, würde er vielleicht noch zwei Jahre leben. Sie war verzweifelt, auch weil sie wusste, dass sie es ihrem Sohn nun sagen musste und dass es nun auch alle anderen erfahren würden, die Lehrer, seine Mitschüler und die Nachbarn. Sie hatte Angst, dass die Kinder Joschi meiden würden und dass er nicht mehr in die Schule gehen dürfe. Und vor allem wusste sie nicht, wie sie ihm die Angst vor dem Tod nehmen könnte. Sie dachte sehr lange nach und entschied schließlich, dass es das Beste sei, offen mit Joschi zu reden und zu versuchen, ihm noch so viele Wünsche wie möglich zu erfüllen. Sie sprach mit ihrem Mann darüber und sie beschlossen, es ihm beim nächsten Arztbesuch zu sagen.

Der Arzt und der Vater erklärten Joschi, dass er sehr krank sei und eines Tages eine weite Reise machen müsse. Auf diese Reise müsse er ganz allein gehen, aber danach würde es ihm viel besser gehen und er wäre nicht mehr krank. Joschi fing an zu weinen und rief nach seiner Mutter. Sie hatte bereits das Zimmer verlassen, da sie selbst weinen musste und nicht wollte, dass Joschi es sähe. Der Vater versuchte Joschi zu beruhigen und sagte ihm, er solle sich beruhigen, die Mutter sei nur schnell zur Toilette gegangen, sie komme bald zurück. Nach einer Weile kam die Mutter wieder hinein und musste sich sehr zusammennehmen, um nicht zu weinen. Sie wusste, dass sie nun tapfer sein musste und war entschlossen, gemeinsam mit ihrem Sohn gegen die Krankheit zu kämpfen. Sie gingen nachhause und ein paar Tage später sagte die Mutter zu Joschi, sie wollten ein Spiel machen, bei dem jeder aufschreiben solle, was er gerne erleben wolle. Auf einem Blatt Papier notierte die Mutter den ersten Wunsch. Sie schrieb, dass sie gerne Seidentücher färben wolle. Dann fiel ihr nichts mehr ein. Nun war Joschi an der Reihe. Er schrieb alles auf, was ihm einfiel. Und so sah die Liste am Ende aus:

- ins Kino gehen
- eine Reise mit dem Ballon
- 1 Woche Schwimmferien
- ein Helikopterflug
- eine Eisenbahn mit viel Landschaft aufstellen
- Körbe flechten
- Schlagzeug spielen lernen
- meinen Lieblingsstar Mike Veit besuchen
- einmal nach Disney World
- am Nordpol die Eskimos besuchen
- eine Safari in Afrika
- die Kängurus in Australien besuchen

Nun wusste die Mutter, welche Wünsche Joschi hatte. Sie überlegte, womit sie anfangen könnte und kam zu dem Schluss, dass sie die Wünsche in der Reihenfolge erfüllten sollte, in der Joschi sie aufgeschrieben hatte. Also machte sie sich ans Werk.

Gedicht von Joschi an alle kranken Menschen

Lass den Kopf nicht hängen

Lass den Kopf nicht hängen,
wenn einmal etwas nicht so läuft,
die Erde dreht sich trotzdem weiter.

Das, was dich plagt,
ist schnell vertagt,
lass den Kopf nicht hängen,
es kann auch mal was schieflaufen,
du siehst bald, diese Sorgen werden vergehen.

Setz dir ein Ziel,
es braucht nicht viel,
viel Mut und Kraft,
doch doppelt wirst du belohnt,
wenn du es schaffst.

Lass den Kopf nicht hängen,
lass dich von den Sorgen nicht beengen,
halte den Kopf immer in die Höhe,
es gibt viele Sorgen, die man überwinden muss,
doch keinen Grund, den Kopf hängen zu lassen,
sonst kann man im Leben viel verpassen.

Kapitel 2

Kinofilm

Schon lange wollte Joschi den Film „Star Fight" sehen. Da er bereits aus dem Programm genommen war, musste Joschis Mutter lange suchen, bis sie ein Kino entdeckte, das ihn noch zeigte. Am Montag sollte es so weit sein. Der Film lief nachmittags, und weil man mit dem Auto eine Stunde zum Kino brauchte, wollte Joschis Mutter kurz nach dem Mittagessen losfahren.

Am Montagmorgen stand Joschi schon früh auf, er war so aufgeregt, dass er nicht mehr schlafen konnte. Er hatte extra für den Kinobesuch schulfrei bekommen. Zwar war er heute wieder recht schwach, doch er versuchte, es sich nicht anmerken zu lassen, da er Angst hatte, seine Mutter würde sonst den Kinobesuch verschieben. Lieber wollte er ein bisschen leiden. Im Laufe des Morgens ging es ihm auch immer besser, sodass er sich keine Sorgen machte. Die Mutter hatte heute ausnahmsweise früher gekocht, damit sie und Joschi früh genug mit dem Essen fertig wären. Da musste der Vater halt ein bisschen später anfangen, wenn er von der Arbeit nachhause kam. Während des Essens erzählte Joschi seiner Mutter ganz aufgeregt von dem Film und wie gespannt er sei. Er vergaß darüber fast zu essen. Inzwischen war es Viertel vor eins geworden und der Vater kam nachhause. Auch ihm wollte Joschi alles erzählen, doch die Mutter mahnte zum Aufbruch. Er könne dem Vater ja am Abend von dem Film berichten. Es war Viertel nach eins, als sie sich endlich ins Auto setzten. Auf den Rat des Vaters hin hatte die Mutter eine Straßenkarte eingepackt, nur zur Sicherheit, falls sie sich verfahren sollten. Der Vater hatte bedauert, dass er selbst nicht mitfahren konnte, doch er musste leider arbeiten. Die Mutter fuhr und fuhr. Joschi kam es vor, als seien sie bereits eine Ewigkeit unterwegs. Immer wieder fragte er, wie spät es sei und wann sie endlich da wären. Und immer wieder fragte er, wann denn genau der Film anfange. Joschi wurde langsam ungeduldig und er befürchtete, sie würden es nicht rechtzeitig schaffen. Er wollte unbedingt alles von Anfang an sehen.

Die Sonne schien heute recht warm, obwohl erst Februar war, und Joschi begann in seinem dicken Winterpullover zu schwitzen. Er wollte ihn ausziehen, doch die Mutter war dagegen. Sie versuchte Joschi zu erklären, dass er das nicht dürfe, denn er bekäme sonst wegen seines geschwächten Immunsystems rasch eine Erkältung und sie wolle ihn nachher nicht ins Krankenhaus bringen müssen. Joschi wurde ein bisschen böse, doch schließlich gab er nach und beschloss, nur die Ärmel hochzukrempeln. Plötzlich musste die Mutter bremsen. Alles ging so schnell, Joschi spürte einen kräftigen Ruck und fiel fast auf den Vordersitz. Dann sah er erst, was passiert war. Sie waren in das Auto gefahren, das vor ihnen an der Ampel stand. Joschi fing an zu weinen. Seine Rippen taten ein bisschen weh, aber noch viel mehr weinte er, weil er dachte, dass nun wohl kein Kinobesuch mehr möglich wäre. Die Mutter stieg ganz bleich aus dem Auto und sah zuerst nach, ob bei Joschi alles in Ordnung war. Joschi sagte, er habe nur ein wenig Schmerzen in den Rippen und fragte ganz verzweifelt, ob sie denn nun noch ins Kino fahren könnten. Die Mutter antwortete, sie wisse es nicht und sie werde sehen, wie schnell sich diese Sache erledigen lasse. Dem Fahrer des vorderen Wagens schien nichts Schlimmes passiert zu sein, doch die beiden Autos hatten eine große Beule.

Sie mussten die Polizei kommen lassen und während sie warteten, rutschte Joschi immer ungeduldiger auf seinem Sitz herum.

Als die Polizei endlich kam, war bereits viel Zeit vergangen. Weil Joschi von seinen Rippenschmerzen erzählte, bestand der Polizist darauf, den Notarzt zu rufen, doch dieser war innerhalb von zehn Minuten vor Ort und bestätigte, dass es nur harmlose Rippenprellungen seien. Der junge Mann solle sich aber sicherheitshalber sofort zuhause ins Bett legen. Joschi rief, das gehe nicht, er müsse ins Kino und er wolle auf keinen Fall seinen Film verpassen. Die Mutter erklärte dem Arzt, warum es für Joschi so wichtig sei, diesen Film zu sehen. Daraufhin gab ihr der Arzt ein Medikament, das Joschi nehmen solle, falls die Schmerzen schlimmer würden. Joschis Gesicht erhellte sich, seine Augen leuchteten und seine Mutter sah, wie sehr er sich auf den Film freute. Doch es gab noch ein Problem: Sie konnten nicht mit dem Auto weiterfahren. Also versuchte die Mutter mit dem Polizisten zu verhandeln und nach langem Hin und Her erklärte er sich bereit, sie ins Kino zu begleiten und dafür zu sorgen, dass das Auto in die Werkstatt komme. Es war inzwischen fast Viertel vor drei und das Kino lag noch mindestens eine halbe Stunde entfernt. Nachdem der Abschleppwagen das kaputte Auto abgeholt hatte, stiegen Joschi und seine Mutter in den Streifenwagen und brausten los. Als sie ankamen, war es bereits kurz vor halb vier und sie mussten sich beeilen, wenn sie noch rechtzeitig vor Beginn des Films in der Loge sitzen wollten. Der Polizist sagte zu Joschis Mutter, er werde sie nach der Vorstellung abholen und zur Werkstatt fahren. Sie bedankten sich und liefen schnell hinein.

Nur Sekunden, nachdem sie sich in die weichen Stühle hatten sinken lassen, wurden die Lichter gelöscht und der Vorhang öffnete sich. Das war knapp, dachte Joschi. Der Film war wirklich spannend und er starrte gebannt auf die Leinwand. Irgendwann begannen seine Rippen wieder wehzutun, aber er wollte auf keinen Fall schon gehen. So holte die Mutter ihm ein Glas Wasser, damit er die Medizin nehmen konnte, die ihnen der Notarzt mitgegeben hatte. Sie schmeckte bitter, doch zum Glück wirkte sie schnell und nach zehn Minuten ging es ihm schon wieder besser. Während sich Joschi das Ende des Films ansah, ging die Mutter wieder in die Vorhalle, um den Vater anzurufen. Sie erzählte ihm von dem Unfall und bat ihn, sie abzuholen und den Polizisten zu benachrichtigen. Er erschrak zunächst, war jedoch beruhigt, als er hörte, dass ihnen nichts Schlimmes passiert war. Er wolle sich sofort auf den Weg in die Werkstatt machen und sie dann abholen kommen. Als alles geklärt war, ging die Mutter wieder auf ihren Platz zurück. Leise berichtete Joschi seiner Mutter, was sie verpasst hatte. Er freute sich, dass der Vater kommen würde, um sie wieder nachhause zu bringen. Bei dem Gedanken wurde er auf einmal ganz müde und als der Film vorbei war, freute er sich schon richtig auf sein Bett zuhause. Als der Vater ihn auf seinen Armen zum Auto trug, war Joschi sehr glücklich und seine Augen strahlten. Im Auto legte sich Joschi auf den Rücksitz, die Mutter deckte ihn mit der Wolldecke zu. Eigentlich wollte er dem Vater von seinen aufregenden Erlebnissen berichten, aber er schlief sofort ein. Morgen war auch noch ein Tag.

Gedicht von Joschi für alle Menschen

Stern am Himmel

Jedes Mal wenn du denkst, alles sei aus,
dass alles sich auflöst in nichts,
dann leuchtet er wieder am Himmel,
dein eigener Stern.

Der Stern, der dich niemals verlässt,
der jeden Schritt von dir überwacht,
der Stern, der deine Liebe ist,
kommt wieder mit seiner Wärme,
er lässt dich spüren, dass du jemand bist,
wenn dir alles sinnlos vorkommt.

Denk an den Stern, denn für ihn musst du leben,
und nur für ihn musst du überleben.
Du wirst immer wieder an den Himmel schauen,
und du siehst deinen Stern,
und du weißt, er beschützt dich.

Lass ihn leuchten,
lass ihn in dein Herz hinein.
Mit diesem Stern am Himmel,
bist du nie allein.

KAPITEL 3

Eine Ballonfahrt

Heute war ein wichtiger Tag. Die große Ballonfahrt war geplant und Joschi hatte eigentlich ein bisschen Angst, doch die Neugier war noch größer.

So gegen neun war es so weit und Joschi stieg mit seiner Mutter und seiner Tante ins Auto. Sie hatten das Auto der Tante nehmen müssen, denn das der Mutter war immer noch in der Werkstatt. Auch die Mutter war ein wenig ängstlich, doch die Tante war bereits ein paarmal Ballon geflogen und sagte, es sei alles weniger schlimm, als es vom Boden aus aussehe. Die Fahrt zum Ballonstartplatz war kurz und so hatte Joschi keine Zeit mehr, im Auto zu schlafen. Er war noch ziemlich müde, weil er vor Aufregung so früh wach geworden war. Außerdem fühlte er sich heute schwach, doch wenn er an die Ballonfahrt dachte, ging es ihm gleich wieder besser. Als sie am Startplatz ankamen, war kein Ballon in Sicht und es war niemand da, den sie hätten fragen können. Was war wohl geschehen? Hatten sie sich im Datum geirrt? Aber das konnte nicht sein. Die Zeit verging und es passierte nichts.

Als der Pilot nach einer Stunde immer noch nicht angekommen war, rief die Mutter ihn auf seinem Handy an. Der Pilot musste laut lachen, denn er dachte schon, sie kämen gar nicht. Die Mutter war zum falschen Platz gefahren. Schnell ließ sie sich den Weg erklären und nach etwa zehn Minuten waren sie endlich angekommen. Der riesige Ballon stand startbereit auf dem Rasen. Er war wunderschön und so farbig wie ein Regenbogen. Zwar war der Himmel noch bedeckt, doch laut Wetterbericht sollte es ein sonniger Tag werden. Alle stiegen ein und dann ging es los. Der Aufstieg war ein bisschen turbulent, doch die Angst war bald verflogen. Die Aussicht von oben war herrlich. Nach etwa einer halben Stunde fragte Joschi, wo sie denn nun etwa seien. Der Pilot erklärte ihm, dass man den Startplatz immer noch sehen könne und dass sie sich nur langsam bewegten. Es gab nur wenig Wind und so trieben sie ruhig über die Landschaft. Plötzlich entdeckten sie in der Ferne einen kleinen Punkt. Joschi schrie begeistert auf. Es war noch ein Ballon. Auf den wollte er zufliegen. Der Pilot erklärte ihm, dass das nicht so einfach sei, denn die Ballone dürften sich nicht zu nahe kommen, sonst könne es gefährlich werden. Joschi bekam Angst, er wollte auf keinen Fall mehr in die Nähe des anderen Ballons kommen. Der Pilot beruhigte ihn. Da die Ballone unterschiedliche Flughöhen hätten, könne gar nichts passieren. Alle waren beruhigt, auch Joschis Mutter und die Tante. Sie flogen dahin und die Sonne schien angenehm warm. Es wurde ein wunderbarer Tag. Hoch oben in den Wolken war die Welt in Ordnung.

Sie waren bestimmt schon zweieinhalb Stunden unterwegs, als am Himmel plötzlich graue Wolken auftauchten. Über Funk versuchte der Pilot seinen Kollegen zu erreichen, der gerade mit dem Auto Richtung Landeplatz fuhr, um ihnen beim Einpacken zu helfen. Der Landeplatz war noch mindestens eine Stunde entfernt und der Pilot wusste, dass sie bei der nächsten Gelegenheit runter mussten. Bei solchem Wetter konnte es schnell gefährlich werden. Immer wieder funkte er seinen Kollegen an, doch dieser meldete sich nicht. Als sie eine große Wiese erreichten, setzte

der Pilot zur Landung an. Zwar waren weit und breit weder Häuser noch Straßen zu sehen, doch die Luft hatte sich bereits deutlich abgekühlt und so blieb ihm nichts anderes übrig. Der Ballon wackelte immer stärker. Je näher der Boden kam, desto aufregender wurde die Fahrt. Dann begann es auch noch zu regnen und Joschis Tante zog ihren riesigen Mantel aus, unter den sich die drei Abenteurer nun kauerten. Wo sollten sie bloß Unterschlupf finden? Man sollte sich, wenn ein Gewitter naht, nicht unbedingt im Freien aufhalten. Da sah Joschi in der Ferne eine Hütte. Sie war ihre einzige Schutzmöglichkeit.

Am Boden angekommen, mussten alle rasch mithelfen, den Ballon sicher zu befestigen. Danach liefen sie zur Hütte. Der Pilot nahm das Funkgerät mit und funkte immer wieder seinen Kollegen an. Es war sicher eine halbe Stunde vergangen, als er ihn endlich erreichte. Dieser hatte in einem Funkloch gesteckt und sich bereits Sorgen gemacht. Nun war er sehr erleichtert, als er hörte, dass alle wohlauf waren. Der Pilot hatte ein bisschen Mühe zu erklären, wo sie sich befanden, denn er hatte in der Aufregung sein Navigationsgerät beim Ballon liegen lassen und so musste sich sein Kollege auf die Suche begeben. Es dauerte eine Ewigkeit, bis er den Ballon fand, und es wurde langsam dunkel. Es regnete inzwischen in Strömen, sodass man den Ballon nicht einpacken konnte und man die Polizei benachrichtigen musste. Die Polizei notierte sich den Platz und gab ihnen die Genehmigung, den Ballon über Nacht dazulassen. Der Pilot und sein Kollege packten den Brenner und die Gasflaschen ein, damit niemand damit Unfug treiben konnte.

Auf der Rückfahrt zum Startplatz bot der Pilot Joschi an, die Fahrt zu wiederholen, am besten erst im März, wenn das Wetter besser sei. Joschi bedankte sich und sagte, er habe noch so viel vor, er denke nicht, dass er noch einmal fliegen werde. Ein bisschen froh war er dann doch, dass er aus dem wackeligen Korb raus war.

KAPITEL 4

Schwimmferien

Joschi hatte sich schon immer Ferien am Meer gewünscht, doch noch nie hatte es geklappt, denn der Vater musste meistens in den großen Ferien arbeiten. Weil er dachte, er würde nie in Urlaub fahren können, hatte er sich bloß gewünscht, eine Woche lang jeden Tag ins Freibad zu gehen. Joschis Mutter hatte den Vater davon überzeugen können, dass diese Ferien für sie alle wichtig seien und so überließ der Vater das Geschäft seinem Angestellten, den er bereits zwei Monate zuvor als Aushilfe eingestellt hatte. Er sagte seiner Familie, wenn er schon Urlaub nehmen müsse, dann solle es auch genau so sein, wie Joschi es sich wünsche. Sie entschieden sich für zwei Wochen Zypern, danach zwei Wochen Italien und eine Woche in Frankreich.

Am 1. Juli, pünktlich zum Ferienbeginn, stiegen sie ins Flugzeug. Zypern ist ein Inselstaat im östlichen Mittelmeer südlich der Türkei. Die Hauptstadt heißt Nikosia. Im Süden der Insel befindet sich die ausgedehnte Berglandschaft Troodos. Es gibt sehr viele Sehenswürdigkeiten.

Joschi und seine Eltern hatten ein 4-Sterne-Hotel in Limassol gebucht.

Mit dem Bus fuhren sie vom Flughafen Paphos nach Limassol. Unterwegs besichtigten sie das Amphitheater von Curium und in Yeroskipos die byzantinische Kirche von Ayia Paraskevi mit den fünf Kuppeln. Es war bereits Abend, als sie in Limassol

24

ankamen und so machten sie nur noch einen kleinen Spaziergang am Strand. Joschi blickte begeistert aufs Meer hinaus und freute sich riesig auf den nächsten Tag. Er schlief unruhig in dieser Nacht, denn er konnte es kaum abwarten, ins Wasser zu springen. Die Mutter hatte ihm gesagt, im Meer zu schwimmen sei ganz anders als im Schwimmbad.

Als ihn die Mutter am Morgen wecken wollte, war er bereits angezogen und hatte alles, was sie für den Strand brauchten, sogar die Badesachen der Eltern, fein zusammengelegt in die Strandtasche gepackt. Sie verbrachten einen supertollen Tag am Strand. Für den nächsten Morgen hatte der Vater einen Ausflug nach Omodhos geplant. Dort besichtigten sie die Kirche vom heiligen Kreuz, wo Relikte des Kreuzes Jesu aufbewahrt werden. Sie kamen erst gegen Abend wieder zurück und somit fiel das Schwimmen an diesem Tag aus. Joschi machte es nichts aus, denn er hatte sich einen Sonnenbrand geholt und war froh, dass er ein bisschen im Schatten spazieren konnte.

Die Zeit in Zypern verging wie im Flug. Joschi war richtig braun und auch die Eltern hatten eine gesunde Farbe. Doch die Ferien waren noch lange nicht vorbei, denn nun war Italien an der Reihe. Der Vater wollte der Mutter nicht verraten, wo es hingehen sollte. Es war sein großes Geheimnis, denn es gibt in Italien zwei Meere, das Mittelmeer und das Adriatische Meer. Joschi fragte immer wieder neugierig, ob sie auch einen Vulkan besichtigen würden, doch der Vater verriet nichts. Sie reisten ab und fuhren mit dem Schiff von Zypern nach Bari in Italien. Mit dem Flugzeug ging es weiter nach Ischia, eine kleine Insel in der Nähe von Neapel. Ischia ist aus einem Vulkan entstanden und es gibt immer noch Quellen, aus denen Rauch und Dampf emporsteigt. Von Ischia aus kann man auch einen Ausflug zum Vulkan Vesuv machen.

Joschi freute sich und war erstaunt. Hier gab es zwar auch Meer, doch es sah alles ganz anders aus als in Zypern. Sie hatten ein Zimmer in einem Hotel in Ischia Porto gemietet, welches 200 Meter vom Strand entfernt mitten in einem Pinienhain stand. Während ihres Aufenthalts in Ischia besuchten sie das Schloss Aragonese in Ischia Ponte und die Thermalbäder im Poseidon-Garten. Sie machten sogar eine Wandertour zum Monte Epomeo.

Auch von Ischia mussten sie bald Abschied nehmen, sie hatten in den zwei Wochen, die sie auf der Insel waren, sehr viel erlebt. Faszinierend waren vor allem die vielen Feste. Die Menschen beeindruckten Joschi sehr. Sie schienen ununterbrochen zu feiern und überhaupt keinen Stress zu haben.

An einem Wochenende in Ischia hatte Joschi Fieber und die Mutter hatte Angst, sie müssten die Reise abbrechen. Weil keiner von ihnen Italienisch sprach, rief der Vater den Arzt zuhause an. Dieser setzte sich mit dem Arzt aus dem Dorf in Verbindung, sodass Joschi gut behandelt werden konnte und rasch wieder auf den Beinen war. Als Nächstes sollte es nach Burgund gehen. Der Vater hatte die einmalige Idee, eine kleine Flussfahrt zu machen. Er hatte in Saint Jean de Losne alles für die Verpflegung vorbereiten lassen und musste am nächsten Vormittag dort sein. Also hieß es, die Nacht durchzureisen. In einem Mietauto fuhren sie auf der Sonnenautobahn von Neapel bis Saint Jean. Die Reise dauerte gut fünfzehn Stunden. Joschi und die Mutter hatten während der Fahrt im Auto geschlafen, am Anlegeplatz angekommen, wollte sich der Vater für einige Zeit hinlegen. Auf einem Zettel hatte er notiert, was alles erledigt werden musste und so machten sich Joschi und seine Mutter ans Werk. Joschi traf fast der Schlag, als er sah, was für ein tolles Boot der Vater gemietet hatte. Am Abend kochte die Mutter Joschis Lieblingsmenü. Es gab Kartoffelpüree und Kalbsgeschnetzeltes mit viel Gemüse und Apfelkuchen zum Dessert.

Die Bootsfahrt sollte von Saint-Jean-de-Losne bis Laroche Migennes gehen. Sie schipperten durch grüne Landschaften, vorbei an pittoresken Städtchen wie Tanlay, Ancy-le-Franc, Montbard und Pont-de-Pany. Die Strecke war ungefähr 240 km lang und hatte 189 Schleusen. Der Vater hatte Joschi versprochen, dass er im nächsten Hafen, den sie etwa drei Tage später erreichen würden, ein großes Eis bekäme. So geduldete sich Joschi, doch er konnte den Vater davon überzeugen, dass ihm für die lange Wartezeit zwei Eis zustünden. Sie fuhren drei Tage und genossen die Sonne, die aufs Boot schien. Alles was man tun musste, war, die richtige Spur zu halten und auch Joschi durfte manchmal das Steuer bedienen. Aber nur, wenn eine gerade Strecke vor ihnen lag, sie wollten schließlich kein Risiko eingehen, auf Grund zu laufen. Sie kamen in Dijon an und Joschi bekam als Erstes sein versprochenes Eis. Dann bummelten sie durch die Straßen und kauften ein paar Sachen ein. Mit vollen Einkaufstüten kehrten sie wieder aufs Boot zurück. Am Abend trug Joschi stolz sein neues T-Shirt.

Sie mussten bald wieder ablegen, denn die Fahrt war noch weit und die Zeit wurde immer knapper. Schon bald würden die Ferien vorbei sein und Joschi hatte schon sehr viel erlebt, was er den Kindern in der Schule erzählen konnte. Fast alle Kinder machten zwar auch Ferien, aber er wusste jetzt schon, dass alle vor Neid platzen würden. Ein bisschen traurig war er auch, denn er wusste, dass die anderen Kinder sicher nicht so schöne Ferien hatten wie er. Gleichzeitig war ihm klar, dass er so etwas wahrscheinlich nie mehr erleben würde und er fragte seine Mutter mit ängstlichem Gesichtsausdruck, ob er nun bald sterben müsse. Die Mutter bekam einen Schreck, doch sie schob den Gedanken beiseite und versuchte Joschi zu beruhigen. Er solle einfach das Leben genießen und keine Angst vor dem Tod haben, der komme, wenn er kommen müsse. Manchmal früher, manchmal später, doch keiner wisse, wann. Doch er habe noch so viele Wünsche und der Tod ließe ihm sicher Zeit, bis er alle seine Wünsche erfüllen könne. Da verflog Joschis Angst, denn er hatte noch so viele Wünsche offen.

Gedicht von Joschi für alle Menschen, die Wünsche haben

Unerfüllte Wünsche

Wünsch dir was, denn irgendwann
sich auch dein Wunsch erfüllen kann.
Glaube daran, denk nicht negativ,
denn sonst läuft im Leben manches schief.

Erfüllt sich ein Wunsch auf halbem Weg,
bricht unter ihm der Steg.
Auch wenn ein Wunsch zusammenbricht,
brennt für deinen Wunsch noch Licht.

Unerfüllte Wünsche,
ich wünsche mir,
ein ruhiges Leben auf dieser Erde hier.

Kapitel 5

Joschi ist müde

Die Ferien waren wunderschön und Joschi war ein bisschen traurig, dass sie schon vorbei waren. Doch leider war er nach seiner Rückkehr sehr geschwächt. Er war so müde, dass er für längere Zeit nicht in die Schule konnte und nun meistens schlief. Jeden Tag kamen Schulkameraden vorbei und brachten ihm Zeichnungen oder Gedichte mit. Jemand hatte sogar angefangen, eine richtige Geschichte zu schreiben, deren Hauptfigur Joschi war. Er bekam auch viele Spielsachen. Er hatte allen gesagt, dass er gern eine Modelleisenbahn hätte und eine richtige Landschaft dafür bauen wolle.

Und so saß er jeden Tag im Keller und baute die Teile zusammen, die er geschenkt bekommen hatte. Bis er anfing, sich zu langweilen. Er wollte so gerne wieder draußen spielen und zur Schule gehen. Auf keinen Fall wollte er dieses Jahr sitzenbleiben. Er war in der Schule zwar recht gut und alle versuchten, ihm zu helfen, doch manchmal fiel er einfach zu lange aus und danach dauerte es, bis er wieder den Anschluss an die Klasse erreichte. Doch er kämpfte immer gegen den Rückstand und schaffte es jedes Mal. Die Mutter war dabei eine große Hilfe. Wenn mal keiner vorbeikam, holte sie am anderen Morgen die Aufgaben beim Lehrer ab. Es gab auch Tage, an denen der Lehrer die Aufgaben selbst brachte und nach Joschi sah.

Auch an diesem Mittwoch kam der Lehrer – er hatte sich schon ein wenig Sorgen gemacht, weil Joschi nun schon so lange fehlte. Die Mutter konnte ihn beruhigen, er habe zwar eine schwache Phase, doch es gehe von Tag zu Tag besser. Sicher war auch die lange Reise schuld, doch man müsse jeden Tag genießen, den Joschi geschenkt bekomme.

Joschi hatte inzwischen schon einige Male gefragt, wann er denn in den Himmel müsse. Als er sie diesmal fragte, sagte die Mutter zu ihm, seine Zeit sei sicher noch nicht gekommen, er müsse schließlich noch so viel erledigen, vorher dürfe er gar nicht weg. Außerdem wisse man gar nicht, ob sie ihn im Himmel überhaupt gerade als Schutzengel bräuchten. Der Gedanke gefiel Joschi. Die Mutter hatte schon Recht, er musste wirklich noch sehr viel erledigen.

Der Arzt hatte ihm gesagt, dass er nächste Woche wieder in die Schule gehen und auch wieder draußen spielen könne. Auf diese Antwort hatte er schon lange gewartet, denn er lag nun bereits seit drei Wochen im Bett.

Er war auch froh, dass er diesmal nicht ins Krankenhaus musste. Er hatte kein Fieber und auch sonst keine Schmerzen. Er war einfach nur müde und wollte schlafen. Manchmal dachte er daran, dass die Erwachsenen froh wären, sie könnten ein bisschen länger schlafen, doch die mussten immerzu arbeiten. Da hatten es die kranken Kinder auf gewisse Weise doch noch gut. Langsam kam Joschi wieder auf die Beine und er freute sich schon richtig auf die Schule.

KAPITEL 6

Ein Helikopterflug

Joschis Mutter hatte es tatsächlich fertiggebracht, dass Joschi mit einem Rettungshelikopter mitfliegen durfte. Joschi musste versprechen, dass er während der Rettungsflüge keine Fragen stellen oder die Rettungsflugwacht an der Arbeit hindern würde. Joschi versprach, sich ganz ruhig zu verhalten, damit alle das Gefühl bekämen, er sei gar nicht dabei. Er durfte den ganzen Tag mitfliegen. Bei einigen Flügen, wo es um schlimmere Unfälle ging, musste er am Boden bleiben. Die Mutter wartete in der Notrufzentrale auf Joschi. Die Retter sagten ihr Bescheid, wenn Joschi wieder am Boden bleiben musste. Er war bereits seit zehn Uhr morgens dabei und hatte auch schon vieles erleben dürfen. Immer wenn er am Boden wartete, erzählte er seiner Mutter, wen sie vorher gerettet hatten. So hatten sie zum Beispiel einen Bauern und seine Kuh von einem Steilhang befreit. Die Kuh war ausgerutscht und auf einem Felsen hängen geblieben. Der Bauer wollte sie hochziehen und blieb auch stecken, denn der Rückweg war viel steiler, als er beim Abstieg gedacht hatte. Die Sorge um seine einzige Kuh war so groß, dass er sein eigenes Leben vergessen hatte. Dann war da noch die Rettung eines Wanderers, der

sich übernommen hatte und mit einem Herzinfarkt liegen
blieb. Die schnelle Bergung hatte ihm das Leben gerettet. Die
Sanitäter waren mit dem Helikopter nur zehn Minuten später
am Unfallort. Auch hatte es einen Schwerverletzten bei einem
Autounfall gegeben, bei dessen Rettung Joschi am Boden bleiben musste, denn man wusste nicht, ob der Mann sterben
würde. Am einfachsten war die Rettung eines Skifahrers, der
vom Unwetter überrascht worden war und nicht mehr weiterfahren durfte. Es bestand die Gefahr, dass er eine Lawine
auslöste. Joschi redete mit ihm während des Rückflugs. Da
er nicht verletzt war, war dies ausnahmsweise möglich. Der
Skifahrer erzählte ihm, dass er eigentlich um diese Jahreszeit
nicht mehr zum Skifahren gehe. Doch dieses Jahr hatte er so
wenig Zeit, um den Schnee zu genießen, dass er es eben nun
doch gewagt hatte. Nach dieser Erfahrung würde er jedoch in
Zukunft keine solchen Ausflüge mehr machen. Er wolle nicht
sein Leben aufs Spiel setzen.

Die Zeit verging, der Helikopter war sicher bereits zum fünf-
zehnten Mal ausgeflogen und es wurde langsam dunkel. Es
waren nicht außergewöhnlich viele Einsätze gewesen, doch für

Joschi schien es sehr viel und er hoffte, dass alle verletzten Menschen bald wieder gesund sein würden. Viele konnten sicher bald wieder nachhause gehen, einige mussten im Krankenhaus bleiben. Joschi war sehr glücklich und konnte es fast noch nicht glauben, dass er so etwas erleben durfte. Am Abend erzählte er alles dem Vater. Er hatte auch seiner Tante gesagt, sie solle kommen, wenn der Vater zuhause sei. Er wollte auch ihr unbedingt von seinem aufregenden Tag berichten. Während er erzählte, schlief er jedoch vor lauter Müdigkeit ein und so musste er die Erzählung auf einen anderen Tag verschieben. In dieser Nacht träumte er vom Helikopterfliegen.

Über seine Krankheit machte er sich keine weiteren Gedanken, er hatte auch keine Angst mehr. Er wollte es nur noch schaffen, seine Wünsche zu erfüllen. Seine Mutter unterstützte ihn dabei, so gut sie konnte.

Kapitel 7

Eine Eisenbahn im Keller

Mittlerweile hatte Joschi genug Teile, um eine große Eisenbahnlandschaft zu bauen: Bahnwagen und Schienen, Figuren und Häuser. Vieles hatte er von seinen Mitschülern bekommen. Sogar seine Lehrer hatten für ihn gesammelt. Joschi hatte bereits alles sortiert. In einem Karton waren die geraden Schienen, in einem anderen die gebogenen und in anderen wiederum waren die Häuser und Bäume und so weiter. Was er nun brauchte, war eine Skizze, wie er sich die Bahn mit der Landschaft vorstellte. Als er mit seiner Zeichnung zufrieden war, zeigte er sie seinem Vater. Gemeinsam fuhren sie zum Baumarkt, um eine Holzplatte und allerlei Material einzukaufen. Nun fingen sie an, die Anlage auf der Holzplatte aufzubauen. Der Bodenbelag aus Erde, Sand und Teer wurde aufgeschichtet – alles genau nach Joschis Skizze. Am Ende hatten sie eine wunderbar hügelige Landschaft, die sie mit künstlichem Gras und Steinen beklebten. Dann wurden die Schienen verlegt und die Figuren aufgestellt. Um alles zu platzieren, brauchte man eine ruhige Hand. Manchmal zitterte Joschi und er verlor fast die Geduld, denn er versuchte immer wieder, die kleinen Teile an die richtige Stelle zu setzen. Immer wieder musste er aufhören und sich ausruhen, denn die Augen taten ihm weh. Es dauerte ungefähr zwei Monate und Joschis Vater verbrachte sehr viel Zeit im Bastelraum, um mit Joschi die Anlage aufzustellen. Manchmal kamen auch ein paar Schulkameraden und halfen mit. Am Ende sah die Eisenbahnanlage wie eine richtige Landschaft aus. Sie hatten sogar einen richtigen kleinen Fluss mit fließendem Wasser eingebaut. Es gab auch Figuren, die sich durch eine Fernsteuerung bewegen ließen. So zum Beispiel eine kleine Wandergruppe, die sich im Kreis bewegte. An einem anderen Ort fuhr eine Seilbahn und wieder in einer anderen Ecke war ein Kran aufgestellt mit Arbeitern, die ein Haus bauten. Es schien wirklich wie eine lebende Stadt. Manchmal saß Joschi noch am späten Abend bei seiner Eisenbahnanlage und betrachtete sie stolz. Schon mehrere Male war er auf dem Stuhl eingeschlafen und der Vater hatte ihn ins Bett tragen müssen. Die Mutter hatte es fertiggebracht, dass sich ein Fernsehsender für die ganze Sache interessierte und sie wollten bald ein Kamerateam vorbeischicken. Als die Mutter es Joschi erzählte, fiel er aus allen Wolken, denn mit so etwas hätte er nie gerechnet. Er freute sich sehr und erzählte es in der Schule. Seine Schulkameraden wollten am liebsten alle dabei sein, wenn das Fernsehen käme. Doch das ging nicht, da sie unmöglich alle in den Kellerraum gepasst hätten. Das Fernsehteam brauchte allein schon viel Platz für Kamera, Stativ, Lampen und Kabel. Von fünfundzwanzig Schülern mussten sieben ausgewählt werden. Aber wie? Die Mutter hatte eine Idee. Sie bereitete ein Kreuzworträtsel vor und alle, die es richtig hatten, kamen in die Verlosung. Das Kreuzworträtsel war nicht so schwer, denn die Mutter stellte Fragen aus dem Schulunterricht. Nach zehn Minuten hatten fünfzehn Schüler alles ausgefüllt. Davon hatten es noch drei falsch gemacht. Die übrigen zwölf Scheine kamen in eine Trommel und Joschi durfte die Glücksfee spielen. Schließlich waren Markus, Martin, Eva, Laura, Sofie, Mohammed und Nadine ausgewählt, bei der Aufnahme dabei zu sein. Die anderen waren ziemlich enttäuscht und die Mutter schlug vor, sie könnten doch trotzdem kommen und im Wohnzimmer sitzen. Dann könnten sie das Fernsehteam hereinkommen sehen und vielleicht würden sie ja doch noch gefilmt und kämen ins Fernsehen.

Als das Fernsehteam eintraf, herrschte bereits die tollste Aufregung. Joschi war an diesem Tag recht gut auf den Beinen und hatte fast keine Schmerzen. Er stellte sich stolz vor die Kamera und erklärte den Leuten vom Fernsehen, wie er seine Eisenbahnanlage aufgebaut hatte. Abends war die Mutter froh, dass alles so gut geklappt hatte und hoffte, dass Joschi auch in der Fernsehshow am Samstag in guter Verfassung sein würde.

Er überstand auch diesen Abend gut. Joschi war so glücklich über seine Eisenbahn und er beantwortete eifrig alle Fragen, die ihm der Moderator stellte. Zum Schluss bedankte er sich bei allen, die geholfen hatten, die Teile für den Aufbau der Anlage zu sammeln. Und er versprach, dass kranke Kinder ihn gerne besuchen könnten, um mit seiner Anlage zu spielen. Er bat auch um Spenden, damit auch die Kinder kommen könnten, die sich die Fahrt nicht leisten könnten. Kurz nachdem die Show im Fernsehen gelaufen war, meldeten sich tatsächlich viele Kinder bei Joschi und seine Eltern und er begannen, Pläne zu machen. Zuerst sollten die ganz kranken Kinder an die Reihe kommen. Sie vereinbarten Termine und hatten nun an mehreren Wochenenden je fünf Kinder zu Gast. Joschi war sehr erstaunt, als bereits zwei Wochen nach der Sendung eine größere Summe auf einem extra eingerichteten Spendenkonto eingegangen war. Er war erleichtert, denn nun wusste er, dass er sich um die anderen kranken Kinder keine Sorgen mehr zu machen brauchte. Langsam kehrte in Joschis Leben wieder Ruhe ein. Er war froh, die Sache mit der Eisenbahn gemacht zu haben.

KAPITEL 8

Körbe flechten

Joschi hatte schon vor einiger Zeit den Wunsch geäußert, er wolle eine kleine Werkstatt einrichten, wo Kinder Körbe flechten könnten. Die Mutter hatte zwar gesagt, sie würde den Dachboden dafür räumen, doch sie wusste nicht, wohin sie all die Sachen tun sollte, die dort herumlagen. Joschi schlug seiner Mutter vor, einen Flohmarkt zu machen. Da sie die Sachen nicht mehr bräuchten, könnten sie sie ebenso gut verkaufen und von dem Erlös die Werkstatt einrichten. Joschis Mutter hatte Zweifel. Für einen Flohmarkt würde es wohl nicht reichen, meinte sie. Joschi überlegte kurz und eilte zum Telefon. Er rief einen Nachbarn nach dem anderen an und innerhalb kürzester Zeit hatte er nicht nur Helfer, sondern auch jede Menge Ware dazugewonnen: alte Schuhe, Geschirr, Vasen, Kerzenständer und vieles andere. Der Flohmarkt wurde ein voller Erfolg. Es wurde fast alles verkauft und alle, die mitgeholfen hatten, freuten sich über den guten Umsatz. Am Abend wurde die Kasse kontrolliert und es waren fast eintausend Franken darin. Joschi konnte es kaum fassen, mit so viel Geld hatte er nicht gerechnet.

Joschi brauchte jede Menge Sachen. Große Schüsseln, damit man das Holz darin aufweichen kann. Und dann brauchte man

Schürzen, Scheren und vieles mehr. Joschi hatte bereits Ideen, wie er die fertigen Körbe verkaufen wollte. Er hatte in ein paar Läden gefragt, ob sie ihm vielleicht welche abkaufen würden, damit sie daraus schöne Früchtekörbe machen könnten. Andere wollte er an einem Stand alle zwei Monate selber verkaufen. An Ostern wollte er Osterkörbe basteln, an Weihnachten Weihnachtskörbe und diese mit Süßigkeiten, Blumen und Figuren füllen. Das Geld wollte er für kranke Kinder spenden. Die Händler fanden Joschis Idee so gut, dass er sich schon nach kurzer Zeit kaum noch retten konnte vor Aufträgen. Es gab nicht genug Kinder, die in der Werkstatt mithalfen, also musste er sich etwas einfallen lassen. Seine Mutter fragte in verschiedenen Vereinen, ob jemand Lust habe, an dem Projekt mitzuarbeiten. Vor allem viele ältere Menschen waren gerne bereit, einen Teil ihrer Freizeit in das Korbflechten zu investieren. So konnte Joschi die Aufträge doch noch alle rechtzeitig erledigen. Nach fast einem Jahr hatten alle zusammen über vierhundertfünfzig Körbe geflochten und es schien, als würden es im zweiten Jahr viele mehr, doch Joschi merkte, dass er nicht mehr so viel Kraft hatte. Er bat seine Mutter darum, die Korbflechtwerkstatt in jedem Fall weiterzuführen, auch wenn er nicht mehr mithelfen könne. Die Mutter versprach es ihm und war stolz auf ihren tapferen Sohn.

KAPITEL 9

Joschi im Krankenhaus

Seit einiger Zeit ging es Joschi nicht gut. Er aß wenig und wurde rasch müde. Die Mutter ging mit ihm zur Routineuntersuchung und erschrak, als der Arzt sagte, Joschi müsse ins Krankenhaus. Doch sie wusste auch, dass man sich dort besser um ihn kümmern konnte. Die Ärzte würden regelmäßig nach ihm sehen und er bekäme Medikamente gegen die Schmerzen. Also stimmte sie zu. Wie lange Joschi bleiben musste, wusste niemand.

Inzwischen waren drei Monate vergangen und Joschi hatte bereits mehrere Kuren durchgemacht und wollte nachhause. Aber immer wieder bekam er eine neue Infektion. Joschi langweilte sich sehr und wollte wieder in seine Werkstatt. Immer wieder wollte er von seiner Mutter wissen, wie viele Körbe verkauft worden waren und wie viele Kinder die Eisenbahn besucht hatten. Es schien, als habe Joschi gar keine anderen Sorgen. Die Körbe und die Eisenbahn halfen ihm durchzuhalten und er wünschte sich mehr als alles andere, bald wieder nachhause zu dürfen. Er fragte die Ärzte immer wieder, wann sie ihn endlich entlassen würden. Doch immer, wenn es fast so weit war, passierte wieder etwas und er musste bleiben. Oft fing

Joschi an zu weinen, doch er wusste, dass er es bald schaffen würde. Außerdem hatte er immer noch ein paar unerfüllte Wünsche.

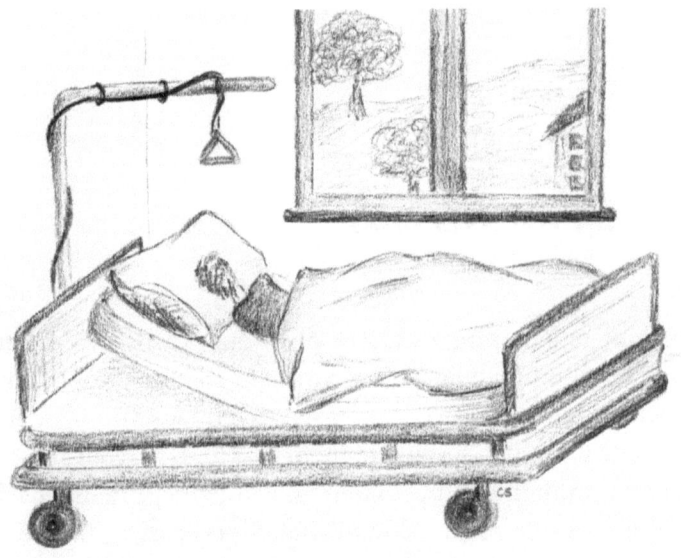

Gedicht von Joschis Mutter, geschrieben, als Joschi im Krankenhaus lag

Böses Schicksal

Böses Schicksal,
warum tust du Joschi immer wieder weh,
warum lässt du ihn verzweifeln?

War es nötig, uns so zu treffen,
böses Schicksal, warum musst du uns
immer wieder verletzen?

Trotzig stellen wir uns unserem Schicksal,
komm ruhig näher, um uns zu verletzen,
ich werde dich bekämpfen,
bis du eines Tages von uns weichst
und uns in Frieden lässt.

Böses Schicksal,
ich denke, du hast uns schon genug geplagt,
aus unserem Leben musst du verschwinden,
weil wir in Frieden leben wollen.

Kapitel 10

Schlagzeug spielen lernen

Ein paar Wochen war er wieder zuhause.

Nun ging Joschi mit seinem Vater zum ersten Mal zum Musiklehrer, um Schlagzeug spielen zu lernen. Fast wäre er nicht in den Kurs gekommen. Seine Mutter hatte ihn schon angemeldet, als er noch im Krankenhaus gelegen hatte, aber da er erst so spät wieder rausdurfte, war der Kurs inzwischen voll und der nächste ebenfalls ausgebucht. Joschi war so verzweifelt, dass er Fieber bekam und wieder ins Krankenhaus musste. Ausgerechnet Schlagzeug spielen, worauf er sich so sehr gefreut hatte, würde er jetzt wohl nie mehr lernen. Joschis Mutter versprach, alles daranzusetzen, seinen Wunsch zu erfüllen und bat ihn, nicht den Mut zu verlieren. Joschi begriff, dass er schon seiner Mutter zuliebe nicht aufgeben durfte zu kämpfen. Er befolgte alle Anweisungen der Ärzte, er aß, nahm seine Medizin und schlief viel. Nach und nach ging es ihm besser und als er erfuhr, dass er tatsächlich am nächsten Kurs teilnehmen durfte, erholte er sich rasch.

Während der ersten Unterrichtsstunde stellte der Musiklehrer Joschi viele Fragen. Ob er schon ein Musikinstrument spiele und ob er sonst noch andere Instrumente kenne, die ihn interessierten. Joschi überlegte lange und sagte dem Lehrer, dass es kein anderes Instrument mehr gäbe, welches er gerne spielen würde. Durch die Fragerei verging die erste Stunde wie im Fluge und Joschi war enttäuscht. Der Vater konnte ihn danach beruhigen und sagte, dass er das nächste Mal sicherlich schon mit dem Spielen beginnen würde. Joschi fragte seinen Vater, ob er trotzdem zuhause üben könne, um wenigstens schon ein paar Takte zu lernen. Der Vater stimmte natürlich zu und sagte ihm, dass er am nächsten Morgen im Keller den Raum vorbereiten würde, wo Joschi üben könne. Er hatte bereits Dämmmaterial gekauft, damit der Raum möglichst schalldicht gemacht werden konnte. Joschi wollte seiner Mutter nicht auf den Nerven herumtrommeln. Und auch auf die Nachbarn musste man Rücksicht nehmen. Im Musikladen hatte der Vater ein Schlagzeug gemietet. Zwar hätten seine Eltern auch ein Schlagzeug gekauft, aber das wollte Joschi nicht. Er sagte, er habe noch so viele Wünsche, da könne man das Geld doch

sicher besser verwenden. Joschis Eltern waren erstaunt über die Umsichtigkeit ihres Sohnes und sie gaben ihm Recht.

Nach sechs Monaten Unterricht hatte Joschi schon viel gelernt und plante nun, eine Band zu gründen. Joschis Eltern waren anfangs nicht so begeistert, denn das hieße vermutlich, dass Joschi noch häufiger üben würde und der Arzt hatte ihm streng verboten, sich zu sehr anzustrengen. Bei der letzten Kontrolle waren seine Blutwerte wieder viel schlechter gewesen und so hatte der Arzt Joschi ermahnt, er solle es nicht übertreiben. Doch da der Vater wusste, wie wichtig das Schlagzeug für Joschi war, erlaubte er ihm schließlich, seine Band zu gründen – unter der Bedingung, dass sie sich nur alle zwei Wochen zum Üben treffen würden. Joschi war begeistert. Er überlegte, wen er kannte, der ein Instrument spielte und kam auf eine beachtliche Anzahl an Kindern. Seinen Schulkameraden sagte Joschi, alle, die Lust hätten, könnten am Freitag zum Vorspielen kommen. Da werde man sehen, wer in die Band aufgenommen würde.

Es kamen sehr viele Kinder. Jeder durfte ein Stück vorspielen und alle, die gut waren, durften bleiben. Nun wurden mehrere Gruppen gebildet, die nacheinander vorspielten. Auch die Gruppenmitglieder wurden immer wieder neu zusammengesetzt und am Schluss schienen Joschi und sein Vater eine echt gute Band auf die Beine gestellt zu haben. Zusammen suchten sie den Namen „The Dream" aus. Auf Deutsch heißt das „der Traum", aber auf Englisch klingt es besser.

Nach ungefähr einem Jahr gaben sie ihr erstes Konzert. Der Vater hatte es organisiert und sie durften in der Stadthalle spielen. Joschi war total aufgeregt und auch die anderen in der Band bekamen immer mehr Lampenfieber. Als sie auf der Bühne standen und der Vorhang aufging, zitterte Joschi vor Nervosität. Doch mit einem Mal war die Angst wie weggeblasen. Er spielte einfach drauflos und ehe er sich versah, war das Konzert vorüber. Das Publikum klatschte und pfiff. Erleichtert und froh fuhren sie nachhause. Auch wenn er von Zeit zu Zeit fast keine Kraft hatte, ging Joschi weiter fleißig in den Musikunterricht und freute sich schon darauf, irgendwann wieder ein Konzert zu geben.

KAPITEL 11

Joschis Lieblingsstar

Joschi hatte viele Stars, für die er schwärmte, doch ganz besonders mochte er Mike Veit. Er liebte seine Musik und bewunderte ihn dafür, wie gut er tanzen konnte. Joschi träumte davon, ihn einmal persönlich kennen zu lernen. Das wünschte er sich mehr als alles andere. Natürlich war ihm klar, dass es nicht so einfach war, an einen wichtigen Menschen wie Mike Veit heranzukommen. Die Mutter hatte schon versucht, über die Agentur einen Termin zu machen, aber man sagte ihr immer wieder dasselbe. Sie müsse Geduld haben, Mike Veit sei auf Tournee und habe im Moment keine Zeit. Joschis Mutter hatte auch schon an alle Fernsehsender geschrieben, doch auch dort bekam sie immer wieder die gleiche Antwort. Dann hatte die Mutter eine Idee. In einer Zeitschrift hatte sie gelesen, dass Mike Veit in einem Krankenhaus aufgetreten war. Sie rief in der Redaktion der Zeitschrift an und erfuhr schließlich, dass Mike Veit dort regelmäßig hinfahre. Dort musste Joschi auch hin. Aber wann? Nach mehreren Telefonaten hatte die Mutter endlich einen Arzt am Apparat, der ihr verriet, wann Mike Veit das nächste Mal im Krankenhaus sei. Joschi müsse aber fest versprechen, es keinem zu sagen, denn sonst würden sicher viele

Kinder an diesem Tag anreisen, um ihren Star zu sehen. Und das könne sich das Krankenhaus nicht leisten. Joschi schwor, dass er nichts verraten würde. Also sagte ihm der Arzt, wann Mike Veit zu Gast sei. Außerdem wolle er einen extra Termin für Joschi vereinbaren. Joschi konnte es noch nach Tagen kaum fassen. Er platzte fast vor Freude und hätte am liebsten allen davon erzählt, doch er schwieg. Am Sonntag war es endlich so weit. Joschi betrat das Krankenhaus und bekam augenblicklich einen Schreck. Denn wer stand da an der Eingangstür und wartete auf ihn? Es war tatsächlich Mike Veit. Er klopfte Joschi kameradschaftlich auf die Schulter und begrüßte ihn mit einem strahlenden Lächeln. Zusammen besuchten sie alle Kinder des Krankenhauses. Joschi war stolz, neben seinem Star die Zimmer der kranken Kinder betreten zu dürfen. Danach war er völlig erschöpft und froh, dass er noch einen Tee mit Mike Veit trinken durfte. Zum Abschied umarmte Mike Joschi fest und drückte ihm einen Stapel Autogrammkarten in die Hand. Joschi bedankte sich freudestrahlend und bemerkte vor lauter Aufregung nicht, dass zwischen den Autogrammkarten noch ein Umschlag steckte. Als er ihn zuhause entdeckte und öffnete, fielen ihm fast die Augen aus dem Kopf. Mike Veit hatte ihm geschrieben, Joschi solle doch in seiner Villa in Florida wohnen, wenn er in Disney World sei. Aber woher wusste Mike Veit, dass Disney World auf Joschis Wunschliste stand? Sicher hatte die Mutter davon erzählt. So genau wusste Joschi allerdings nicht, wann er nach Florida fliegen würde, denn er fühlte sich in letzter Zeit nicht besonders gut und die Mutter meinte, er müsse sich erst eine Weile ausruhen.

Natürlich war Joschi mal wieder ziemlich enttäuscht. Seine Mutter versuchte ihn zu trösten und versprach ihm, wenigstens einen kleinen Ausflug mit ihm zu machen, der weniger anstrengend sei. Also packten sie an einem Freitag ihre Sachen in eine Reisetasche und stiegen ins Auto. Doch statt auf die

Autobahn fuhr die Mutter nur zum Spielplatz in der Nähe. Joschi fragte sie, was das zu bedeuten habe, doch die Mutter lächelte nur und sagte, er solle abwarten. Er erschrak, als plötzlich ein Helikopter mitten auf dem großen Spielplatz landete. Mit offenem Mund starrte Joschi auf die beiden Männer, die ausgestiegen waren und ihm nun zuwinkten. Völlig benommen stieg Joschi aus dem Auto und stapfte an der Hand seiner Mutter auf den Helikopter zu.

In der anderen Hand trug die Mutter die Reisetasche und Joschi fragte sich, wo sie wohl hinfliegen würden. Er war gespannt, was kommen würde. Als sie den Flughafen erreichten, traute Joschi seinen Augen nicht. Mike Veit ging auf ihn zu und begrüßte ihn mit einer langen Umarmung. Er hatte mit der Mutter telefoniert und als er hörte, dass es Joschi nicht gut ging, bot er ihr spontan an, sie beide mit seinem Privatjet abzuholen, damit die Reise für Joschi weniger anstrengend werden würde. Es gab sogar eine bequeme Liege im Flugzeug, auf der Joschi schlafen konnte. Doch er war natürlich zu aufgeregt. Er strahlte übers ganze Gesicht und die Mutter war froh, ihren Sohn so glücklich zu sehen.

Joschi und seine Mutter blieben drei Tage bei Mike Veit und wurden dann wieder nachhause geflogen. Als Mike Veit sich von Joschi verabschiedete, hatte er Tränen in den Augen, die er rasch mit der Sonnenbrille verdeckte. Er wollte nicht, dass Joschi bemerkte, dass er traurig war. Mike Veit drückte ihn ganz fest an sich und wünschte ihm viel Glück.

KAPITEL 12

Joschi mag nicht mehr

Seit Tagen ging es Joschi schlecht. Sein Körper tat überall weh und er konnte fast nicht mehr laufen. Der Arzt hatte bei der letzten Untersuchung gesagt, dass Joschi bald wieder für längere Zeit ins Krankenhaus müsse.

Als die Mutter eines Nachmittags an seinem Bett saß, fragte er sie, ob er nicht zuhause bleiben könne. Er wolle nicht mehr und es hätte doch sowieso keinen Zweck. Die Mutter sagte, er werde auch diesen Krankenhausaufenthalt überstehen und versprach, danach mit ihm zu den Eskimos zu fahren. Joschi strahlte. Die Eskimos hatte er fast vergessen. Kraftlos, aber auch zuversichtlich, schlief er ein. Die Mutter blieb noch eine Weile bei ihm und betrachtete ihren Sohn. Er war so dünn, wirkte fast zerbrechlich. Auf seiner Stirn glänzte kalter Schweiß und er schien zu frieren. Die Mutter holte eine weitere Decke aus dem Schrank, legte sie über Joschis Bettdecke und ging dann in die Küche, um das Abendbrot vorzubereiten.

Joschi hatte schon am Mittag nichts essen können. Sein Magen machte ihm zurzeit Schwierigkeiten und er hatte Schmerzen. Der Mutter schossen Tränen in die Augen. Es tat ihr weh, ihr

Kind leiden zu sehen. Doch sie wusste auch, dass sie nicht die Hoffnung aufgeben durfte, denn nur wenn sie stark bliebe, konnte Joschi Kraft schöpfen. Immer wieder gingen ihr die gleichen Gedanken durch den Kopf. Warum ausgerechnet Joschi? Warum ihr einziger Sohn? Oft wusste sie nicht, wie sie weitermachen sollte, sie hatte kaum noch Kraft. Sie setzte sich an den Küchentisch und weinte. Sie konnte nicht anders. Die Klingel riss sie aus ihren trüben Gedanken. Sie wischte sich die Tränen vom Gesicht und schlurfte zur Tür. Es waren ihre Eltern. Sie hatte ganz vergessen, dass die beiden zu Besuch kommen wollten. Sie waren extra aus dem Ausland angereist und wollten ein paar Wochen bleiben. Joschis Mutter war froh, ihre Eltern zu sehen.

Zum Abendbrot wollte Joschi nicht herunterkommen, so schlapp fühlte er sich. Aber er war sehr froh, dass seine Großmutter ihm das Essen ins Zimmer brachte. Mit viel Liebe und Geduld versuchte sie, Joschi zum Essen zu bewegen. Doch mehr als ein paar Bissen brachte er nicht herunter. Er trank seinen Tee und sank danach wieder erschöpft in die Kissen. Kurz darauf war er eingeschlafen.

Kapitel 13

Joschi geht es sehr schlecht

Joschi hatte seit Tagen immer wieder Schmerzschübe, es schien keine Besserung einzutreten. Immer wieder versuchte er sich aufzuraffen, aber er spürte, dass es irgendwie anders war als die Male zuvor. Er machte sich oft Gedanken, wie es nun mit ihm weitergehen würde. Seine Mutter wusste darauf auch keine richtige Antwort. Wie sehr wünschte sie sich, an seiner Stelle krank zu sein. Doch sie konnte nichts anderes tun, als für ihn da zu sein.

Joschi lag im Bett und schlief. Seine Mutter hatte ihm ein Schmerzmittel gegeben. Sie wollte gerade das Zimmer verlassen, da hörte sie Joschi röcheln. Er bekam kaum noch Luft. Sofort lief sie zum Telefon und rief einen Krankenwagen. Kurze Zeit später traf der Notarzt ein. Joschi wurde sofort ins Krankenhaus gefahren und auf die Intensivstation gebracht. Auf der Fahrt im Rettungswagen fiel Joschi ins Koma.

Die Ärzte hatten Joschi an ein Atemgerät anschließen müssen. Sie bereiteten die Eltern darauf vor, dass Joschi nicht mehr lange leben würde. Seine Mutter hoffte auf ein Wunder. Und tatsächlich wachte Joschi nach ein paar Tagen wieder auf. Es bestand keine Hoffnung mehr, dass er wieder nachhause käme.

Dennoch wirkte Joschi ruhig und friedlich. Die Mutter redete mit ihm über seine Wünsche und Joschi schlug vor, die übrig gebliebenen an andere Kinder zu verschenken. Bei seinem letzten Aufenthalt im Krankenhaus hatte Joschi ein kleines Mädchen kennen gelernt, das strahlende Augen bekommen hatte, als Joschi ihr von seiner geplanten Reise zu den Kängurus erzählt hatte. Er bat die Mutter, das Mädchen zu der Reise einzuladen. Außerdem kenne er noch ein paar andere Kinder, die sicher gerne auf Safari gehen würden. Die Mutter versprach, sich darum zu kümmern und Joschi schien beruhigt.

Gedicht von Joschi, vor dem Krankenhausaufenthalt verfasst

Angst

Ich bin müde und es wird dunkel,
ich habe das Gefühl, dass ich bald gehen muss.
Ich warte auf den Morgen,
doch der Morgen macht mir Angst.

Warum?
Das weiß ich nicht.
Meine Hände zittern,
ich muss gehen.

Komm ich zurück?
Das weiß ich nicht.
Ich versuche zu schlafen,
doch ich kann nicht.
Schon der Gedanke macht mir Angst,
ich muss die, die ich liebe, verlassen.

Ich suche ihre Hände, doch ich finde sie nicht,
suche das Licht, wo ist es?
Alles scheint gegen mich zu sein,
nun schlafe ich,
doch der Tag kommt näher, ich muss gehen.

Ich muss ins Krankenhaus,
komme ich zurück?
Ich weiß es nicht,
mein Leben liegt in ihren Händen.
Vielleicht wird auch für mich,
der Morgen kommen.

Ich habe Angst, aber das nützt mir nichts,
mein Schicksal kann ich nicht ändern,
was danach kommt, werden wir sehen.

KAPITEL 14

Joschi fährt in den Himmel

Die Eltern sitzen bereits seit Stunden am Krankenbett, als Joschi plötzlich die Augen aufschlägt und seiner Mutter in die Augen sieht. Sie nimmt ihn in die Arme und spürt plötzlich, wie wohl es ihm ist. Er hat sogar ein Lächeln auf den Lippen. Er sagt, er wolle seinen Eltern etwas Wichtiges mitteilen. Die Mutter beginnt zu weinen. Joschi ist ganz ruhig und bittet seine Eltern, nicht zu lange traurig zu sein und sich stattdessen um andere kranke Kinder zu kümmern. Sie sollten versuchen, diesen Kindern wenigstens eine kleine Freude zu bereiten. Als er im Koma gelegen hatte, habe er auch erfahren, wie schön es drüben sei. Er habe ein Licht gesehen, doch ihm wurde klar, dass er noch einmal zurück musste, um sich zu verabschieden. Die Eltern nahmen Joschi in die Arme und drückten ihn sanft. Sie versprachen ihm, sich um die Kinder zu kümmern. Joschi lächelte und schloss die Augen. Er hatte sich auf den Weg in den Himmel gemacht. Die Eltern weinten und hielten sich gegenseitig fest. Doch sie wussten auch, dass es Joschi nun besser ging.

In der Zeit danach träumte Joschis Mutter jede Nacht von ihrem Sohn und sie wusste, dass Joschi im Himmel als Schutzengel über sie wachte.

Gedicht von Joschis Eltern

Zug der Trennung

Du drückst uns an dein Herz,
versprichst uns ewige Liebe,
doch mit viel Schmerz,
musst du uns verlassen.

Die Zeit des Abschieds ist gekommen,
du steigst in den Zug.
Er bringt dich in die Ferne,
wir halten ein letztes Mal deine Hände,
aus unseren Augen fließen Tränen.

Uns bleibt nur noch die Erinnerung
der glücklichen Tage,
auch wenn du nicht zurückkommst,
hoffen wir dennoch,
dass wir immer Freunde bleiben.
Wir lieben dich,
vergiss das drüben nicht.

Kapitel 15

Joschi als Schutzengel

Joschis Reise in den Himmel hatte eine ganze Weile gedauert. Er war durch einen weißen Tunnel geflogen, in dem es warm und angenehm war. Wie lange, hätte Joschi nicht sagen können. Er hörte noch seine Eltern weinen, doch er wusste auch, dass es ihnen irgendwann besser gehen würde.

Die Rolle als Schutzengel hat sich Joschi selbst ausgesucht. Diese Arbeit kann man erst machen, wenn man schon eine Weile im Himmel ist. Also ist Joschi noch am Anfang und muss viel Neues lernen. Er will allen Kindern, vor allem den kranken Kindern, und seinen Eltern helfen. Er weiß ja, wie man sich fühlt und er möchte vor allem seiner Mutter Kraft geben. Anders als auf der Erde gibt es im Himmel keine Zeit. Darum gibt es auch keinen Stress und alles wird mit der nötigen Gemütlichkeit gemacht. Doch es herrscht auch hier eine gewisse Ordnung, die befolgt werden muss. Das Leben nach dem Tod ist eigentlich angenehm. Man hat halt keine Eltern mehr und auch keine Freunde, dafür hat man eine Menge gute Menschen um sich herum. Es gibt im Himmel keinen Hass und keine Gewalt, keine Prügel und keine Diebe. Auch muss man im Himmel keine Angst mehr vor Krankheiten haben, denn auch diese gibt es dort nicht mehr.

Joschi lässt euch grüßen und denkt sehr oft an euch und auch ist er euer Schutzengel. Wenn ihr mal sehr traurig seid, denkt an ihn, denn er gibt euch wieder Kraft.

Gedicht von Joschis Mutter

Stille in der Nacht

Ich liege hier und denk an dich,
was tust du wohl ohne mich?
Die Ferne trennt unsere Herzen.
Wie groß sind wohl deine Schmerzen?

Manchmal werde ich depressiv,
du fehlst mir so sehr.
Manchmal denke ich, du seist hier,
du wärst neben mir.

Diese Stille heute Nacht,
hat mich fast umgebracht,
ich habe dich gesucht,
doch nicht gefunden.

Diese Einsamkeit in den nächtlichen Stunden,
ist bald für kurze Zeit verschwunden.
Ich denke dann, du wärst kurz weg,
doch für dich gibt es kein Zurück.

Diese Stille jede Nacht –
wer hat sie wohl gemacht?

Gedicht von Joschis Mutter

Ein Herz, das weint

Hör dieses Herz, wie es weint,
es ist verzweifelt vor Schmerzen,
es hat keine Ruhe mehr,
seit du es verlassen hast.

Es weint und wird immer verzweifelter,
dieses kleine Herz, das sich schließt.
Es wird sich für immer schließen.

Hilf ihm, wieder zurückzufinden,
hilf ihm, weiter zu wachsen.
Mach, dass es mit der Zeit
wieder das Glück findet.

Gedicht von Joschis Vater

Sinnlose Gedanken

Trotz meines Versprechens muss ich an dich denken,
ich versuche meine Gedanken zu lenken,
doch sie führen zu dir, Joschi,
es ist, als sterbe etwas in mir.

Diese Gedanken an dich,
kann ich nicht unterbrechen,
ich leide immer mehr,
trotz meines Schmerzes,
denke ich an dich, Joschi.

Diese sinnlosen Gedanken
wollen nicht verschwinden.
Wie soll ich dies überwinden?
Wie kann ich dich vergessen,
ohne dich zu vermissen?

Was soll ich tun,
damit meine Gedanken ruhn?
Diese sinnlosen Gedanken
möchte ich versenken,
so tief wie nur möglich,
vielleicht bin ich dann wieder glücklich.

Verzeih mir, Joschi, wenn ich diese Gedanken
am liebsten möchte verbrennen.
Wie konnte das Schicksal uns trennen?
Nun leide ich und denke an dich.

Diese sinnlosen Gedanken
werde ich nie lenken ……………………………………..

Nachwort

Ich bedanke mich hiermit herzlichst für die Zeichnungen, welche sehr kurzfristig erstellt werden mussten. Einen besonderen Dank an Caroline, welche die meisten Zeichungen gemacht hat.

Auch Jeaninne sei hier erwähnt, sie hat auch mitgeholfen. Leider war die Zeit sehr knapp und mehr lag bei ihr nicht drin. Vielleicht das nächste Mal, wenns dann heißt, brauche Zeichnungen.

An meine Freunde und Bekannten einen lieben Gruß auf diesem besonderen Weg.

Wer gezweifelt hat, dass ich je eins meiner Projekte doch noch durchziehen würde, dem sei gesagt, wer Geduld hat im Leben, der kann alles erreichen, auch das, was unmöglich zu sein scheint.

Manchmal braucht es Mut und Risikofreude, wobei das mit risikofreudig nicht in allen Bereichen gelten sollte. Es gibt Sachen, von denen lasst mal lieber die Finger.

Vielen Dank an die Leser/innen und Kinder/n.

Eure Gilandra
(Rauseo-Mennillo Tina)

Zur Autorin

Name: Rauseo - Mennillo
Vorname: Tina
Alias: Gilandra
Geb. 5.2.1963
Geb. Ort: Liestal - Schweiz
Zivilstand: Verheiratet
Kinder: 1 Sohn (Jg. 1985)
Beruf: Lebensberaterin - Künstlerin
Hobby: Schreiben - Computer

Als Tochter italienischer Einwanderer bin ich in der Schweiz geboren und aufgewachsen. Zwar lebe ich immer noch in der Schweiz, frage mich aber manchmal, ob es vielleicht in der Heimat Italien nicht besser für mich wäre. Schaut man sich die Menschen im Süden und deren Lebensweise etwas genauer an, stellt man fest, dass sie eine ruhigere Art an sich haben, ihr Leben zu leben; anderes ist wichtiger, das Tempo ist ein anderes, das Leben ist etwas natürlicher. Doch was ist für mich Heimat? Meine Familie lebt hier im Norden. Es ist nicht einfach, einfach alles stehen und liegen zu lassen und zu gehen. Bin ich nicht doch auch ein Stück Schweizerin geworden?

Seit meinem 20. Lebensjahr schreibe ich Gedichte. In meinen Werken verpacke ich meine Gefühle. Wie andere Tagebücher schreiben, schreibe ich Gedichte.

Daneben male ich auch Bilder (vorzugsweise mit Acrylfarben auf Leinwand). Meine Werke haben mir auch schon einige Auszeichnungen eingebracht, so etwa bekam ich zweimal den Titel Dr. h.c. von .... verliehen, trage zudem die Ehrentitel Cavalier von Malta, Cavalier des Friedens, Pionier der europäischen Kultur und erhielt diverse höchstplazierte Auszeichnungen. Eigene Gedichtbände sind in planung. Den genauen Veröffentlichungszeitpunkt kann ich noch nicht sagen, da es bekanntlich bei Künstlern immer ein bisschen länger dauern kann als man meint :-)

Mehr über mich erfahrt ihr auf meiner Homepage: www.gilandra.ch oder www.gilandra-gedichte.eu und Bilder von mir findet Ihr unter www.gilandra.eu